Isabelle

# Shawinigan
# et
# Shipshaw

Illustrations
Nadia Berghella

**Collection Oiseau-mouche**

**Éditions du Phœnix**

© **2005 Éditions du Phœnix**
Dépôt légal 3$^e$ trimestre 2005

Imprimé au Canada

Illustrations : Nadia Berghella
Graphisme : Guadalupe Trejo
Révision linguistique : Lucie Michaud

**Éditions du Phœnix**
206, rue Laurier
L'Île Bizard (Montréal)
(Québec) Canada  H9C 2W9
Tél.:    (514) 696-7381
Téléc.: (514) 696-7685
**www.editionsduphoenix.com**


**Catalogage avant publication de Bibliothèque et
Archives Canada**

Larouche, Isabelle, 1968-

    Shawinigan et Shipshaw

    (Collection Oiseau-mouche ; no 1)
    Pour enfants de 6 ans et plus.

    ISBN 978-2-923425-01-6

    I. Berghella, Nadia. II. Titre. III. Collection.


PS8573.A737S53 2005     jC843'.6 C2005-941204-6
PS9573.A737S53 2005
Réimpression avril 2011


Nous remercions le Conseil des Arts du Canada et la
Sodec de l'aide accordée à notre programme
de publication. Nous reconnaissons l'aide financière
du gouvernement du Canada par
l'entremise du Programme d'aide au développement de
l'industrie de l'édition (PADIÉ) pour nos activités d'édition.
Ainsi que le Gouvernement du Québec par l'entremise du
programme du crédit d'impôt pour l'édition de livres.

# Isabelle Larouche

# Shawinigan
# et
# Shipshaw

**Éditions du Phœnix**

**De la même auteure,**

*Opération pièges à chats !,* coll. Oiseau-mouche, 2007

*Les fées à l'école,* coll. Les maîtres rêveurs, 2008

**De la même auteure, chez d'autres éditeurs**

*L'ours géant et autres histoires des peuples inuit,* Éditions Syros Jeunesse, France, 2004

«La sphère» in *Virtuellement vôtre,* collectif de l'AEQJ, Éditions Vents d'Ouest, 2004.

«La partie de hockey sur le lac St-Jean», in *Les nouvelles du sport,* collectif de l'AEQJ, Éditions Vents d'Ouest, 2003.

*La légende du corbeau,* coll. «album du crépuscule», Éditions du soleil de minuit 2002. Texte en français et en inuktitut.

À notre ami Shipshaw,
qui a su donner autant d'amour
qu'il en a reçu.

# Présentation

Miaou ! Je m'appelle Shipshaw et je suis un chaton de gouttière. Je porte un masque noir qui m'allonge les yeux en pointe et une veste qui descend jusqu'au bout de ma queue. Ma poitrine et mes pattes sont blanches comme neige et mes orteils sont aussi roses que mon nez.

J'ai le museau fourré partout. C'est normal, je suis si curieux ! La gourmandise est cependant mon seul défaut. Au début de mon histoire, j'habitais sous l'escalier de la boulangerie du quartier. Parfois, maman volait des croissants ou des gâteaux. Quel délice !

Tout ce que je vous raconte est vrai, je vous le jure !

# 1

# Un chaton de gouttière

Mon histoire extraordinaire commence un soir de mars. Blotti entre mon frère et ma sœur, je ronronne de bonheur quand tout à coup, ma mère se lève, la tête droite et les oreilles bien ouvertes. D'un bond, elle s'élance en direction du bruit à l'avant de la boulangerie. Comme je sais qu'elle viendra nous retrouver après avoir chassé ce gros monstre, je me rendors sans l'attendre, la patte sur mon petit museau déjà refroidi. Au petit matin, le froid glacial me réveille et je grelotte de tous mes membres. Ma famille a disparu ! Je miaule très fort, mais il n'y a pas un chat aux alentours pour m'entendre.

En risquant un museau hors de ma cachette, je suis étonné de voir tous ces pieds qui marchent dans toutes les directions. J'ai très peur, et je longe le mur des magasins pour m'éloigner des automobiles. Je suis sur le point de me transformer en un petit glaçon sur quatre pattes, lorsque deux mains m'arrachent du trottoir et m'emmènent. Mon cœur va éclater tant

il bat fort ! Je sors mes griffes et je
m'agrippe de toutes mes forces.

— Pardon madame, dit une
voix glaciale. J'ai trouvé ce chaton
devant votre porte. Vous êtes vétérinaire, n'est-ce pas ?

— Oui, mais je ne prends pas
les chats de gouttière, répond la
femme en classant des papiers

derrière le comptoir. Voilà l'adresse d'un refuge pour chats où on lui trouvera une maison.

— Je n'ai pas le temps de m'en occuper ; je vais être en retard au bureau ! s'impatiente la dame. Je n'en veux pas de ce pauvre minet. D'ailleurs mon chien n'en ferait qu'une bouchée !

Ces vilaines dames qui décident de mon sort ne m'aiment pas du tout. Je veux les griffer et les mordre.

— Je ne peux pas garder ce chaton, déclare la vétérinaire d'un ton sévère en me tripotant partout. Il a l'air malade et il pourrait infecter mes autres pensionnaires.

— Alors, je le remets à la rue, répond la dame pressée en m'arrachant de ses mains.

— Mais non, madame ! dit la vétérinaire, agacée. Il y a déjà trop de chats errants. Il faut lui donner une injection qui l'endormira pour toujours.

— Soit. Faites-en ce que vous voulez ! Ce rejeton tout fripé m'a déjà fait perdre assez de temps.

Et me revoilà comme un ballon qu'on se lance de main en main.

— Ça coûtera vingt dollars, annonce la vétérinaire en me tapotant la tête.

— QUOI ! Je ne payerai pas une somme pareille pour l'envoyer au paradis des chats. J'aurais dû me mêler de mes affaires, aussi ! Au revoir, conclut la dame en claquant la porte.

Dans le bureau du vétérinaire, plus rien ne bouge, sauf moi qui tremble comme une feuille. Des humains sur leur chaise et des animaux dans leur cage regardent la scène sans bouger. Mais qu'attendent-ils pour me sortir de là ?

— Miaou ! Miaou ! Aidez-moi ! M'entendez-vous ? Miaou ! Miaou !

C'est alors qu'une dame s'avance vers nous.

— Non ! ne faites pas ça, sup-
plie-t-elle. Je vais le prendre, moi,
ce petit chaton !

Elle a dans la voix ce goût de
chocolat chaud et de guimauve
qui fond dedans. Son sourire est
comme un rayon de soleil en plein
après-midi.

— Vous en êtes sûre, madame
Annabelle ? demande la vétérinaire.

— Absolument ! Il est trop
mignon ! En plus, il ressemble à
ma chatte ! Elle s'ennuie toute
seule à la maison. Je suis sûre
qu'elle sera ravie d'avoir un chaton avec qui s'amuser. N'est-ce
pas, Shawinigan ?

Shawinigan est mince et élé-
gante, mais droite et rigide comme
un fil de fer. Elle ne miaule pas,

elle grogne, les yeux vifs comme des éclairs.

— Miaou ? dis-je poliment.

Annabelle me prend doucement dans ses bras et me gratte sous le menton et derrière les oreilles. Ah ! comme je me sens bien ! J'espère qu'elle m'emmènera avec elle.

— Ce chaton a probablement attrapé le rhume des chats, prévient la vétérinaire, c'est très contagieux entre félins. Votre autre chatte, euh… Sha… Shawagou… Shawanigou…

— Shawinigan, reprend Annabelle, souriante. Ne vous inquiétez pas. Je vous promets d'en prendre soin.

À la maison, Annabelle me dépose sur un doux tapis. Shawinigan s'enfuit comme si je lui avais fait peur. Je ne suis pas un monstre pourtant ! Heureusement, ma nouvelle maîtresse me caresse et me parle doucement. Le cœur gros et la fatigue jusqu'au bout des poils, je me sens finalement à l'abri des dangers.

— Mes problèmes sont enfin terminés, me dis-je en relevant ma patte arrière jusqu'à mon oreille pour me gratter vigoureusement…

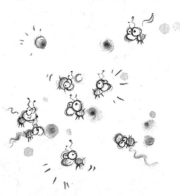

## 2

## Ça gratte !

… Et je gratte et gratte encore derrière mes oreilles. Et plus je me gratte, plus les yeux d'Annabelle changent de couleur.

— Ce chaton a des puces ! annonce-t-elle en se tournant vers Shawinigan qui a l'air bien intéressée. Regarde-le, il est si maigre !

Il se fait manger tout cru par ces bestioles !

Shawinigan s'approche de moi pour sentir de plus près.

— Imagine-toi donc que les puces, ça saute, la prévient Annabelle. Il faut donc te tenir à l'écart de ce garnement pour un moment.

La chatte penche la tête, intriguée. Évidemment, elle n'a jamais vu de puces puisque le balcon est son seul lien avec le monde extérieur.

— Allez ! Dans la salle de bain, petit coquin !

Annabelle me dépose sur un carreau de tuile blanc, froid et lisse comme de la glace. Elle referme la porte, me laissant seul en compagnie d'un bol de lait.

— Miaou ? Il y a quelqu'un ?
Miaou !

Pas un bruit, sauf ma patte
arrière qui me gratte le cou. C'est
alors qu'un nez noir et humide
apparaît sous la porte. C'est
Shawinigan.

— Miaou ! Tu m'as trouvé ! S'il
te plaît, sors-moi de là ! Miaou !

— Fichchchchchchchche-moi
la paix ! réplique-t-elle d'un ton
sec. Ici, c'est chez moi. Tant pis

pour toi si tu te retrouves enfermé derrière cette porte.

Gratte-gratte-gratte-gratte…

— Arrête de te gratter comme ça ! Ça m'énerve !

— Mia…

— Fichchchchchchchchche-moi la paix ! crache-t-elle en disparaissant.

Le ventre noué, je trempe mes babines dans le lait et je bois tout d'une traite. Après avoir léché la dernière goutte sur le bout de mon nez, je me mets à grelotter jusqu'au retour d'Annabelle.

— Miaou ? dis-je en la regardant tendrement dans les yeux.

— On va te débarrasser de ces affreuses puces, mon petit chaton, dit-elle.

— Miaou…

— Laisse-toi faire ! Je vais les arracher une à une.

Ses doigts parcourent ma fourrure dans toutes les directions. Ça me calme et, peu à peu, mes muscles se détendent.

— En voilà une ! s'écrie-t-elle en voyant une grosse puce s'enfuir.

— Miaou ? dis-je, tout raidi de peur à cause de ses cris.

— Mon Dieu ! Ça va donc bien vite ces bibittes-là ! Elle est déjà partie se cacher avant même que je l'attrape ! Ah ! si j'avais ma pince à sourcils ! Et où est donc passé mon peigne fin ?

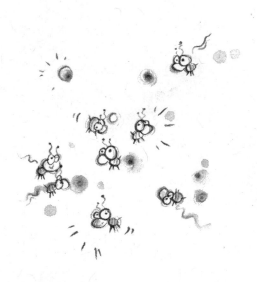

# 3

# Crottes de puces

— Aux grands maux, les grands moyens, déclare Annabelle en me déposant dans le bain.

Elle agite une bouteille aérosol puis l'approche de mon cou. Tout en me retenant d'une main, elle en vide le contenu sur moi. Je me sens impuissant : mes pattes et mes griffes glissent sur la surface du bain.

— Miaou !

— Arrête de te plaindre, petit chaton. Tu verras, tu te sentiras mieux.

— C'est la première fois que je vois des bulles de savon. Ça pétille comme si c'était vivant. On dirait des milliers de petits yeux qui se referment. Les bulles éclatent et font plic ! ploc ! pluc ! partout dans ma fourrure mouillée.

— Mais qu'est-ce qui m'arrive ?

— Cesse de gigoter, chaton ! Il faut coopérer ! Ce poison ne doit pas couler dans tes yeux, dit-elle. L'eau est toute brune ! Comme tu étais sale ! C'est plein de CROTTES DE PUCES !

Au cours des jours suivants, Annabelle recommence le traitement plusieurs fois. Séances de bains, séchage à la serviette et brossage finiront par éliminer toutes ces puces. Mais ne me prenez surtout pas en pitié ! Je me fais dorloter… Et tous ces efforts ont valu la peine puisque maintenant, je ne me gratte plus !

Je peux désormais sortir de la salle de bain et faire partie de la maisonnée où un autre bonheur m'attend : Julien, le garçon d'Annabelle. Je flotte de joie.

Pour s'amuser, Julien agite une corde au-dessus de ma tête. J'essaie de l'attraper avec ma patte malhabile, mais je tombe à chaque fois. Je n'ai jamais été bien coordonné dans mes mouvements.

— Bon essai, chaton ! dit-il en me caressant la tête.

— Bienvenue dans la famille, « Crotte de puces », annonce Annabelle en souriant. Mais il faut te trouver un nom plus joli maintenant.

— Appelons-le Shipshaw. Shawinigan et Shipshaw sont deux noms de villes dans lesquels on entend le mot « chat », affirme Julien fièrement. C'est bien, non ?

— C'est une bonne idée, mais pourquoi pas Châteauguay, Charlemagne, Charlesbourg ou encore Cap-Chat ?

— Je trouve que Shipshaw, c'est plus joli, répond-il d'un ton décidé. S'il te plaît, maman. Ça lui va comme un gant !

Julien me serre fort contre son cœur. Sa voix est douce et sucrée comme celle de sa mère.

— Shipshaw ! Shipshaw ! Shipshaw ! chante-t-il en me berçant tendrement.

Plantée comme un piquet dans le cadre de porte, Shawinigan nous jette un regard rempli de jalousie. Je suis un rival de taille dans son univers, bien que je ne sois encore guère plus gros qu'une miche de pain !

— Miaou ! dis-je pour la saluer poliment.

Elle ne répond pas. Julien me dépose par terre puis elle s'avance prudemment vers moi.

— Il n'y a plus rien à craindre, explique Annabelle à Shawinigan. Il est complètement inoffensif !

En s'approchant de mon museau, son nez froid fait une petite étincelle bleue. Elle me renifle des

pieds à la tête en grondant. Ça me chatouille, mais je ne bouge pas d'un poil. Avec tous ces shampoings et ces lotions, je suis devenu une sorte de petit nuage noir et blanc tout duveteux, statique et parfumé.

— Alors, c'est fini tes crottes de puces ? râle-t-elle froidement. Et tu emménages, si je comprends bien ?

— Oui ! N'est-ce pas merveilleux ? C'est ici ma maison maintenant !

— Détends tes poils de moustache, petit. Tu aurais dû rester là d'où tu viens. Il se passe des choses étranges ici.

— Quel genre de choses ?

— Tu verras, dit Shawinigan. Maintenant, éloigne-toi de moi. Et surtout, pas de bêtises ! Je t'ai à l'œil !

Shawinigan s'en va, silencieuse et fluide comme un serpent venimeux. Si elle pense m'impressionner avec ses airs de mystère… La seule chose étrange dans cette maison, c'est bien cette vieille chipie ! Je me plais bien ici, moi !

Je suis tellement chanceux ! Comme un vrai glouton, j'enfouis ma tête dans mon bol et je mange jusqu'à ce que mon ventre éclate. Repu, je me couche sur le dos, les quatre pattes en l'air, un large sourire étampé sur les babines. J'aime cette maison qui m'accueille si chaleureusement.

# 4

## Mystère et boule de poils

Endormi à côté de mon bol, je perçois des petites pattes piétiner le plancher autour de moi. Elles bougent vite et sans bruit. Mes oreilles et mes moustaches frétillent à leur passage, mais mes paupières sont si lourdes que je n'arrive pas à les ouvrir. À mon réveil, je réalise qu'il ne reste pas une seule miette de nourriture dans le bol !

— C'est étrange… Je n'ai pas tout mangé pourtant ! À moins que…

— Euh… Tu parles tout seul maintenant ? dit Shawinigan qui se faufile dans la cuisine.

J'ai l'air d'une petite pelote de laine noire et blanche sans défense, mais je n'ai pas la langue dans ma poche. Sans bouger un seul poil, elle plante son regard glacial dans le mien.

— Alors, tu vois des petites créatures ? interroge-t-elle.

— Oui, dis-je en bafouillant.

— Tu perds la raison, puceron. Et autre chose pendant que j'y suis. Essaie de contrôler ton appétit. C'est dégoûtant de t'empiffrer comme tu le fais !

— Ce qu'elle peut être casse-pieds ! me dis-je, en me levant et en m'en allant vers la porte arrière.

Sans but précis, je me dirige vers le petit hangar au bout du balcon. Il y a tellement de choses à renifler ! Mais, qu'est-ce que je vois ? Ma curiosité est piquée : au bas de la porte qui mène à un escalier en colimaçon, j'aperçois un trou juste assez grand pour laisser passer… des petites créatures. J'approche le museau pour sentir de plus près.

— Par les poils de ma moustache ! Un passage secret !

Des bouts de ficelle et des épingles traînent autour de la petite ouverture, comme si on les

avait échappés à cet endroit. Seraient-ce quelques-uns des objets qui disparaissent mystérieusement de la maison ? Des créatures s'amusent-elles à voler des peignes, des pinces à sourcils et plein d'autres choses ? Shawinigan a raison : il se passe des choses étranges dans cette maison. Je décide donc de garder un œil, et le bon, sur cette affaire.

— Maman ! dit Julien. As-tu vu les roues que j'utilise avec mes blocs Lego ?

— Non. Elles sont peut-être avec mon rouleau de ficelle blanche et les épingles que j'ai perdus. As-tu une idée où tout ça peut bien être ?

Mystère et boule de poils. Des objets disparaissent à un rythme effréné. J'ai affaire à des spécialistes ! Je dois poser quelques questions à Shawinigan.

— Que me veux-tu, petit opportun. Tu ne vois pas que j'essaie de dormir ? me lance-t-elle, agacée.

— Tu as raison, dis-je d'un ton mielleux. Il se passe des choses étranges ici.

— Tiens, tiens, tu enquêtes maintenant ? demande-elle en bâillant. Et tu penses que je vais t'aider ? Cette affaire n'est pas pour toi.

— Que sais-tu de ces soi-disant créatures qui se promènent la nuit et qui font disparaître tous ces objets dans la maison ?

— Tu ne fais plus la différence entre tes rêves et la réalité. Laisse tomber.

— Tu sais très bien de quoi je parle, Shawinigan. Tes grands airs de mystère ne m'impressionnent pas, tu sais ! Il y a des créatures ici, oui ou non ?

— Bon, continue-t-elle en se léchant la patte. Je vais te le dire. Ce sont deux vilaines souris. Tu es content ?

— C'est donc cela ! Mais pourquoi est-ce qu'elles…

— Fichchchchche-moi la paix maintenant. Je croquerai ces souris avant toi, pauvre mauviette ! Je suis plus rapide ! crache-t-elle en sautant en bas du sofa.

Qu'à cela ne tienne, je travaillerai en solo !

Comme un bon détective, j'attends tout près du passage secret. La nuit étend ses longues jupes sombres sur toutes les maisons du voisinage. L'air frais m'emporte dans un lourd sommeil. Mais après un moment…

# 5

# Hector et Herminette

Mon rêve recommence. Des petites pattes froides me piétinent la queue et un petit museau humide me renifle le bout des oreilles. Je remue la tête puis j'ouvre les yeux. Je me retrouve nez à nez avec une créature, figée tout autant que moi par la surprise.

— Euh... Pardon monsieur le chat. Je suis désolée !

— Il n'y a pas de faute, dis-je poliment. Mais, qui êtes-vous ?

— Je m'appelle Herminette. J'habite ici, avec mon mari Hector. Euh, il est là, derrière la porte.

En effet, une autre souris m'observe d'un regard inquiet.

— Nous avons un problème, voyez-vous, continue Herminette.

— Ah oui ? Est-ce que je peux vous aider ?

Ces petites souris me paraissent bien honnêtes et pas méchantes pour deux sous.

— Non, enfin… pourquoi pas ? bafouille-t-elle en regardant Hector qui attend de sortir du trou. Auriez-vous l'obligeance de bouger un peu ? Mon mari essaie d'ouvrir cette porte, mais vous bloquez l'entrée.

— Pardon ! dis-je de ma voix encore endormie. Je n'avais pas réalisé…

Après s'être assuré qu'il est hors de danger, Hector sort de sa cachette. Il tient entre ses pattes une longue ficelle… exactement celle que ma maîtresse cherche partout depuis des jours. Il la lance jusqu'au verrou et le nœud coulissant se referme sur le crochet. Hector semble habitué à cette manœuvre digne d'un cowboy. Rapidement, il met la ficelle entre ses dents puis il tire fort pour libérer le verrou.

— Pourvu que l'autre chatte ne vienne pas, soupire Herminette en croisant ses mains sur sa poitrine. Nous avons toujours peur qu'elle nous capture !

— Parlons-en, ajoutai-je. Quelle chipie celle-là !

— Vous n'êtes pas un chat comme les autres, me confie-t-elle en me regardant du coin de l'oeil. Quelque chose me dit que vous ne nous ferez pas de mal.

Elle a raison. Je veux surtout savoir ce qu'elles manigancent derrière la porte.

— Alors, crie subitement Hector. Tu t'amènes ? Continuons notre mission avant que le jour se lève !

— Et le chat ? demande Herminette.

— Lui ? dit-il en remuant ses courtes moustaches. Il a l'air trop bêta pour nous causer des ennuis. Allez, viens m'aider Herminette.

— Ne vous en faites pas pour moi, je monte la garde.

## 6

## Le Merle I

Hector ouvre la porte puis les deux souris disparaissent dans l'obscurité. Elles remontent ensuite avec une corde plus épaisse entre les dents. Il semble y avoir quelque chose de très lourd à l'autre bout de la corde.

— Oh hisse ! Oh hisse ! font-elles en forçant.

— Vous avez besoin d'aide ?
dis-je. On a parfois besoin d'un
plus gros que soi, vous savez !

Hector et Herminette se regardent puis acquiescent en chœur.
Ça ne s'est jamais vu, un chat qui
aide des souris.

— Qu'est-ce qu'il y a au bout
de cette corde ?

— Tirez, vous verrez !

La corde glisse par-dessus une
poutre du plafond. Un objet se
balance à l'autre extrémité. Il faut
tirer doucement pour éviter les
soubresauts et ne pas l'endom-
mager. L'objet mystérieux surgit
enfin de l'obscurité. Incroyable !
C'est un petit avion construit avec
les objets de la maison ! Je recon-
nais le peigne fin et les roues pro-
venant des blocs Lego de Julien.

— C'est donc ça ! dis-je, la corde entre les dents. C'est vous qui…

— Attention, dit Hector. Il faut maintenant le déposer délicatement, là, un peu plus par là… Oui, comme ça…. Parfait ! Voyant son appareil rutiler sous les rayons de la lune, Hector est fier.

— Monsieur le chat, ajoute-t-il d'une voix solennelle, vous avez devant vous le Merle I : mon tout premier prototype d'avion à propulsion. Nous allons faire un test dès ce soir. Herminette, tu as les casques et les lunettes de sécurité ?

Bouche bée, mes moustaches toutes ramollies d'étonnement, j'assiste au lancement de l'avion à partir du balcon arrière. Les souris s'agitent en silence autour de l'appareil. Il ne reste plus qu'à allumer le bout de ficelle qui sort du réservoir contenant des produits chimiques explosifs. Herminette s'assoit sur le siège alors qu'Hector frotte nerveusement l'allumette qu'il a volée après l'anniversaire de Julien.

— Trois… deux… un ! C'est
parti !

Il y a d'abord un peu de fumée,
puis un « bang » fort et sec.
L'avion est sur le point de
s'envoler qu'une autre explosion
survient. Cette fois-ci, l'appareil
tourne en rond sur le plancher,
traçant une ligne de feu derrière
lui. Je n'ai encore jamais vu de

flamme, mais à en sentir la chaleur et la présence envahissante, je comprends qu'un danger très grave menace toute la maison. L'avion s'immobilise finalement sans trop de dégât, mais les flammes commencent à se répandre sur le plancher.

— Oh non ! s'écrie Herminette en sortant de l'avion. Qu'est-ce qu'on va faire ?

Hector éloigne l'appareil des flammes. Une fumée noire envahit le hangar et s'infiltre par la fenêtre de la cuisine. Shawinigan accourt aussitôt. Réfugiées sur le balcon, les souris se blottissent l'une contre l'autre. Par chance, Annabelle laisse toujours le sac de litière dans le hangar. Je le perce de mes griffes et le gravier s'écoule.

J'en lance sur le feu et, peu à peu, les flammes s'éteignent et la fumée se dissipe. Le danger est écarté.

— Bravo Shipshaw ! crient les souris en chœur. Tu nous as sauvées !

— Mouais… grogne Shawinigan. Vous en faites des belles, tous les trois ! Notre maîtresse sera furieuse de voir tout ce grabuge.

Sans tarder, Shawinigan court réveiller Annabelle. Lorsque celle-ci arrive sur les lieux, les souris et leur avion ont disparu. Il ne reste que moi, les pattes enduites de suie et de poussière, et le sac de litière éventré sur le plancher.

— Mais qu'est-ce qui se passe ici ? Shipshaw ? Tu as éteint un feu ! dit-elle tout affolée. Avec de la litière ! Mais quelle idée de génie ! Tu nous as sauvé la vie, mon chaton ! Viens ici mon héros, que je te serre dans mes bras !

— Assez, assez… grommelle jalousement Shawinigan qui s'attendait plutôt à la punition du siècle. Où sont ces souris de malheur ? interroge-t-elle.

— Quelles souris ? Tu ne fais plus la différence entre tes rêves et la réalité, ma vieille.

## 7

# Mes nouvelles amies

Depuis l'exploit du hangar, j'ai droit à un traitement royal avec de la nourriture et des caresses à volonté. J'adore ça ! Et ce n'est pas tout : Shawinigan m'a légué à contrecœur la meilleure place sur le sofa. Mais mon plus grand bonheur, c'est d'avoir deux nouvelles amies !

L'univers d'Hector et d'Herminette est époustouflant ! On y retrouve tous les objets qui ont disparu : le bouchon du bain, des épingles à linge, des billes, des morceaux de casse-tête, les pinces à sourcils. Les souris ont organisé de façon ingénieuse et pratique tout ce butin volé pour se faire un petit nid confortable.

— Je vous inviterais bien à vous asseoir à notre table, Shipshaw, mais, sans vouloir vous blesser, vous êtes un peu trop gros, avoue poliment Herminette.

— Ne vous en faites pas, dis-je entre deux éternuements. C'est vrai que je suis un peu dodu. Atchoum !

— À vos souhaits ! dit Herminette. Vous êtes enrhumé ?

— Non, c'est la poussière dans l'escalier…

— Cher ami, ajoute-t-elle un peu vexée, vous devez savoir que c'est trop dangereux pour nous d'épousseter près de la porte de la remise.

— Je suis venu vous annoncer une mauvaise nouvelle.

— Quoi donc ? questionne Hector en s'essuyant les mains sur son tablier.

— Vous me faites bien peur avec vos mauvaises nouvelles, dit Herminette.

— C'est que… toute la famille va déménager ! Ce sera la fin de notre belle amitié.

Attristées, les souris baissent la tête. Mais Hector retrousse les manches de sa chemise un peu tachée en disant :

— Mon nouvel avion sera prêt à temps. Nous allons vous suivre jusqu'à la nouvelle maison !

— Mais c'est de la folie Hector !

— Calme-toi, Herminette. Nous ne pouvons pas rester ici sans notre protecteur, n'est-ce pas Shipshaw ?

— Si ça tourne mal, je ne pourrai pas vous aider, vous savez…

— Tout ira bien, rassure Hector. Le Merle II sera prêt pour ce grand voyage. Plus d'incendie ni d'explosion comme la dernière fois : mon nouveau moteur fonctionnera avec des piles.

# 8

## La nouvelle adresse

— Ça doit être la faute des chats ! dit Julien.

— Mais non, réplique Annabelle d'un ton rieur. Les chats ne peuvent pas faire disparaître des piles comme ça ! J'ai dû les ranger dans une boîte.

De mémoire de chat, je n'ai jamais rencontré de souris aussi courageuses. Au milieu des boîtes de carton et des pas empressés de mes maîtres, j'aide mes amies à se procurer tout ce dont elles ont besoin. Évidemment, Annabelle se plaint encore que des objets disparaissent mystérieusement.

Shawinigan sait bien que les souris sont derrière tout ça. Elle rêve de les attraper par la queue et de les balancer fièrement au-dessus de mon nez. J'en suis sûr. J'espère seulement qu'elle ne viendra pas mettre son museau dans nos affaires secrètes.

— Où vas-tu ? me demande-t-elle chaque fois que je me déplace.

— M'étendre sur le balcon. Tu as un problème avec ça ?

— Tais-toi, petit prétentieux. Tout le monde sait bien que tu es le favori d'entre nous deux, ajoute Shawinigan en tremblant de rage.

— Mais où vas-tu chercher de pareilles sornettes ? Ils t'aiment tout autant que moi, voyons donc !

— C'est ce que tu crois. Maintenant, laisse-moi seule.

Du coin de l'œil, j'observe Shawinigan se faufiler entre deux boîtes empilées le long du corridor. Elle s'effondre en sanglots. Ça me fait de la peine de la voir si triste. J'aimerais bien pouvoir la consoler.

C'est difficile de descendre l'escalier avec mon ventre qui pendouille à gauche et à droite. En plus, je transporte entre mes dents un bout de papier destiné à mes deux amies.

— Qu'est-ce que c'est ? demande Herminette qui est incapable de lire la langue des humains.

— C'est la nouvelle adresse. J'ai pensé que ça vous serait utile.

— Bravo Shipshaw ! s'exclame Hector en dépliant une carte routière. Maintenant, nous savons précisément où atterrir !

— Est-ce que l'avion sera prêt ?

— Mais bien sûr, monsieur le chat. Il ne reste que quelques détails à ajuster.

— Bon. Je ne vous retarderai pas plus longtemps. Demain est une journée importante !

— Bonne nuit Shipshaw !

— Bonne nuit, mes amies.

Un soleil criard nous réveille au petit matin. Très tôt, Annabelle pousse les boîtes et les meubles vers la porte afin de prêter main-forte aux déménageurs. Dans le vacarme, Julien se lève, le pyjama tout fripé et les cheveux en tempête.

— Quand est-ce que le camion arrive ? dit-il en bâillant.

— Tu as le temps de manger un peu, fiston. Il arrive dans plus d'une heure.

Nous sommes tous très énervés par le grand déménagement : chats, souris et humains inclus. Chacun pour ses propres raisons, bien sûr. Julien a hâte de voir à quoi ressemblera sa chambre. Annabelle est tellement préoccupée qu'elle n'a plus le temps pour des câlins. Mes deux amies ne tiennent plus en place à l'idée de nous suivre. Quel exploit ce sera ! J'en tremble rien que de penser au décollage ! Quant à moi et Shawinigan...

Soudain, les pas des déménageurs résonnent dans l'escalier. À la queue leu leu, comme à l'école, les boîtes disparaissent dans le camion. Shawinigan, qui n'a jamais aimé les étrangers, se cache en attendant le calme.

— Viens-t'en, gros matou ! dit Annabelle en me prenant dans ses bras. On s'en va en voiture.

Je n'aime pas les tours de voiture : ça me donne mal au cœur. Shawinigan déteste ça tout autant. Elle reste couchée au fond de l'auto, le nez collé sur le tapis et les griffes sorties. Par la fenêtre, je scrute le ciel pour voir si l'avion nous suit. Rien à l'horizon.

Au bout de la longue route, une magnifique maison nous attend. Elle se dresse, haute et blanche, derrière un grand terrain. Dans le jardin, tout aussi grand, il y a des arbres et des tas de fleurs à renifler. Un bol rempli de nourriture est déjà à ma disposition dans la cuisine. Mais je n'ai pas faim. Je meurs d'angoisse pour mes amies.

Annabelle et Julien ont vidé toutes les boîtes. Le temps passe et il n'y a toujours pas de trace d'Hector et Herminette. J'imagine différents scénarios pour expliquer leur retard. J'ai bien peur qu'il leur soit arrivé malheur. Je soupçonne Shawinigan d'avoir mis sa patte dans cette affaire. Il ne me reste qu'à attendre, le cœur et les dents serrés.

— Salut, murmure une voix faible qui provient du placard de la salle à manger.

Ce ne sont pas les souris, c'est Shawinigan. Elle réapparaît pour la première fois depuis le grand déménagement.

— Tiens, c'est toi ? dis-je froidement. Qu'est-ce que tu fais là ?

— Tu me connais, je m'habitue difficilement à un nouvel endroit. Il faut renifler dans tous les coins et recoins de la maison. C'est pas mal ici, non ?

— Cesse de jouer à l'hypocrite. Tu cherches Hector et Herminette pour te les mettre sous la dent ?

— Tu crois vraiment que leur petit avion va accomplir ce grand voyage jusqu'ici ?

— Oui. Et mon petit doigt me dit que s'ils ont eu un empêchement, c'est à cause de toi.

— Pourquoi tu m'accuses toujours ? Elles ont peut-être atterri dans une autre maison pour importuner d'autres chats. Mais les chats, ça mange les souris. Ta famille ne t'a pas montré ça quand tu étais petit ? Tu n'es qu'un matou dénaturé. Je ne fais que mon travail, moi.

— Tu exagères ! Je vais au-delà des apparences, moi. Peut-être que les chats ne doivent pas protéger les souris, mais avoue que celles-ci sont extraordinaires. Bas les pattes ! Si tu touches à une seule de leurs moustaches tu auras affaire à moi.

# 9

# Un « chat-botage »
# parfait !

Shawinigan s'habitue à notre nouvelle vie. Chaque soir, elle vient me rejoindre sur le balcon, avec une expression de plus en plus détendue. Au début, elle ne disait rien. Elle se contentait de regarder la lune, ou de tourner la tête à chaque petit bruit. Puis un jour, elle a commencé à me faire la conversation.

— Tu montes la garde, ma vieille ? dis-je pour la taquiner.

— C'est ce que tu fais toi aussi, non ?

— Ça fait plus de deux semaines que j'attends. Je suis si inquiet.

— Tu sais, dit Shawinigan, j'ai bien réfléchi après notre dernière dispute. Je veux qu'on s'entende, toi et moi. On a commencé sur un mauvais poil.

— On peut être de bons amis, Shawinigan. Il faut seulement que tu apprennes à relaxer un peu… Tu es tellement tendue !

— S'il te plaît, ne m'en veux pas…

— Ça va. On recommence à zéro. Malgré tes airs glacials, tu ne m'as rien fait. Je suis prêt à essayer.

Je vous le jure, c'est la première fois que les babines de cette chatte se retroussent pour laisser paraître un mince sourire. Sans rien ajouter davantage, nous ronronnons en chœur dans l'air frais de cette soirée d'été.

C'est à ce moment que nos oreilles captent le bruit d'un petit moteur. Entre les branches serrées de la haie, j'aperçois un engin qui vole en rase-mottes.

— Les voilà ! Hector et Herminette à bord du Merle II !

L'avion évite un arbre de justesse puis virevolte au-dessus des fleurs du parterre. Ensuite, il effectue un détour abrupt, ce qui lui fait perdre l'équilibre. Je vous le dis, en les regardant ainsi, tous les poils de mon corps se redressent. Je retiens mon souffle comme si ça pouvait ralentir la vitesse de leur petit appareil. Shawinigan se mord les babines entre ses dents pointues. J'ai la queue droite et haute comme une tour de contrôle.

— Attention ! crions-nous, Mia-aaaaaaah-ou !!!!!

Et vlan ! L'avion fonce à vive allure dans une touffe de marguerites et s'immobilise complètement. La porte s'ouvre lentement et une patte de souris apparaît, toute tremblotante.

— Hector ! Herminette ! criai-je en les rejoignant. Vous avez réussi !

— De peine et misère, avoue Hector en aidant Herminette à descendre de l'avion.

Il lance un regard sombre à Shawinigan.

— Si nous n'avions pas eu cette histoire avec les piles, tout serait allé comme prévu, continue-t-il en brossant le pollen qui recouvre son petit veston.

— Quoi ! Vous dites qu'elle a saboté votre décollage ?

Je me tourne vers celle qui commençait à être mon amie. Mon sang bouille de colère et mes griffes s'allongent au bout de mes pattes.

— C'est vrai, avoue-t-elle toute penaude. C'est ma faute.

— Quoi ??? Moi qui commençais à te faire confiance ! Qu'as-tu fait, espèce de monstre !

— Rien de grave… J'ai poussé les piles en bas du balcon. C'est

tout. Je te jure que j'ignorais qu'elles en avaient besoin.

— Une chance que je suis habile avec mes cordes, lance Hector. Sans ça…

— Ça a retardé notre décollage de plusieurs jours, continue Herminette.

— Je suis désolée. J'ai fait cela parce que je voulais protéger la nouvelle maison. Les souris, c'est comme les puces, il faut s'en débarrasser. Mais je comprends maintenant que vous êtes spéciales. J'ai été idiote. Il faut me pardonner. Je prends mon rôle trop au sérieux.

— Tu vas avoir affaire à moi ! Je suis furieux !

— Cessez de vous disputer ! interrompt Hector d'un ton très autoritaire pour une si petite souris. Shawinigan a avoué. C'est quand même un grand pas.

— Hector a raison, ajoute Herminette. Il faut faire la paix.

— L'important, dis-je solennellement, c'est que nous soyons tous réunis. Allons visiter votre nouvelle cachette. Il ne faut pas qu'Annabelle et Julien vous aperçoivent. Pour eux, les rongeurs ne sont pas les bienvenus.

Le soleil brille à plein ciel. Devant la maison, deux chats montent la garde. Shawinigan et moi ressemblons à deux statues de lion devant la porte du paradis. Hector et Herminette vivent désormais dans le sous-sol. En un rien de temps, elles ont construit une forteresse secrète à l'insu de nos maîtres, qui ne comprennent toujours pas pourquoi plein d'objets disparaissent. La maison sent bon le pain frais et les gâteaux au chocolat. Je règne sur la place, bien sûr, et je me prélasse où bon me semble. Parfois, Shawinigan vient se blottir contre mon ventre bien rempli. Nous ronronnons de bonheur tous les deux, parce qu'une belle amitié remplit désormais nos cœurs !

# TABLE DES MATIÈRES

Isabelle Larouche

Isabelle Larouche est née à Chicoutimi au siècle dernier. Alors que des astronautes posaient le pied sur la Lune pour la première fois, elle apprenait à marcher sur notre petite planète adorée. Quelques années plus tard, elle entrait à l'école comme tous les autres enfants de son âge pour apprendre à écrire. Depuis, rien n'a vraiment changé dans sa vie. Après avoir posé le pied au Nunavik, en Ontario, à Kanehsatake et à Montréal, elle continue de se promener d'est en ouest et du nord au sud. Elle écrit des histoires inspirées de ses voyages et de ses rencontres. Et bien sûr, elle va encore à l'école à tous les jours puisqu'elle enseigne le français, les sciences et les arts au primaire.

Et la Lune dans tout cela ? C'est encore sa destination préférée...

## Nadia Berghella

Artiste vive et spontanée, c'est par des traits souples et fluides qu'elle demeure accessible à tous. S'imprégnant à chaque fois de son sujet, elle donne vie à ses dessins tout en nuance et en finesse.

De l'univers des enfants à celui des grands... elle danse entre pinceaux, pastels, et pixels.

Elle désire élargir ses horizons, et collaborer avec des gens dynamiques... et inspirants.

Achevé d'imprimer en avril 2011
sur les presses de l'imprimerie Gauvin,
Gatineau, Québec